LE TRIOMPHE
DE L'HYMEN,
OU
LE MARIAGE
DE MONSEIGNEUR
LE DAUPHIN.
POËME
Par M. DAQUIN, Fils.

A PARIS,
CHEZ THIBOUST, IMPRIMEUR DU ROY,
Place de Cambray.

M. DCCXLV.
Avec Approbation & Permiſſion.

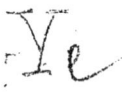

694

Magnorum foboles Regum parituraque
Reges.

Claud.

LE TRIOMPHE
DE L'HYMEN,
OU
LE MARIAGE
DE MONSEIGNEUR
LE DAUPHIN.

ILLE du Dieu des Vers, immortelle
Uranie,
Toi qui peux prodiguer les graces du
génie,
De tes sublimes feux pénétre mon cerveau,
Pour un si grand sujet dicte moi du nouveau.

Le plus brillant des jours luit enfin sur nos têtes ;
Et l'Hymen aujourd'hui couronne nos conquêtes ;
Ce Dieu tendre & sincere allumant son flambeau,
Aime à joindre deux cœurs par un lien si beau,
Et le fils de Bourbon pour consoler la terre
Par son heureux Hymen arrête son tonnerre :
Las de vaincre, Louis va faire désormais,

A ij

De l'Univers ému le temple de la paix:
Quel exemple pour toi fils fage & magnanime ;
Que la vertu diftingue & que la gloire anime.
A voir briller dans toi la nobleffe des traits
L'Amour de la Patrie & celui des Sujets,
A voir mille vertus qui fans fe contredire
Sur le plus grand des cœurs fe difputent l'empire,
D'un merveilleux éclat mes yeux font éblouis !
Rien ne me doit furprendre ; on reconnoît LOUIS.
Plein d'une vive ardeur ne fonger qu'à la gloire,
Chez les derniers neveux établir fa mémoire,
Montrer des yeux d'horreur pour la calamité ,
Accoutumer fon Peuple à la félicité ,
Aux lauriers des fçavans joindre la récompenfe ;
Frapper par fes exploits briller par fa clémence,
Nous admirons le Pere à ces traits accomplis,
Pour admirer un jour ces vertus dans le Fils.
L'un, des plus fages Rois eft l'exemple fidele ,
L'autre apprend à régner fous un fi beau modele,
Et ce jeune Héros qui foutient fon grand nom
Nourri par les neuf Sœurs au haut de l'Hélicon,
A puifé dans leur fein fa vive intelligence,
Son amour pour les Arts, fon goût pour la fcience.

Mars couvert de pouffiere armé d'un fer vengeur
En dépit de l'Hymen veut fervir fon ardeur,
Il lui montre de loin les Villes qui fe rendent,
Les murs pulvérifés, les lauriers qui l'attendent :

5

Et l'Hymen couronné de Myrtes amoureux
L'œil tendre & complaisant vient allumer les feux
Qui font de tout l'Etat la plus chere espérance,
D'où dépend pour toujours le bonheur de la France,
Envain le Prince ardent veut voler après Mars
Pour fendre les Rochers & briser les Remparts,
Envain il voit LOUIS plus bouillant qu'un Achille
Dompter de l'ennemi la fureur inutile,
Envain il est frappé des exemples fameux
De ce Roy Citoyen qui sous son régne heureux
Faisant voler par-tout & le fer & la poudre,
Encourageoit les Arts aux éclairs de sa foudre.
Qui passant l'Achéron & les funestes bords
Semble donner des loix dans l'empire des morts,
Envain par tant d'exploits son ame est entraînée
A suivre des Héros la course fortunée,
La Patrie est plus forte il prévoit son bonheur.
Mars le verra bien-tôt, mais l'Hymen est vainqueur,
Ce Dieu paré de fleurs nouvellement écloses
Offre pour des lauriers des guirlandes de roses,
Mars quoiqu'en frémissant admire ces beaux jours :
Le Prince est enlevé par les tendres Amours,
L'Hymen est à leur tête & d'aimables Génies
Célébrent son triomphe au bruit des Symphonies.

Mais les Dieux assemblés dans les plaines du Ciel
Voulant éterniser un jour si solemnel
Vont descendre ici bas pour ordonner vos fêtes :

A iij

6

Un calme heureux succede aux affreuses tempêtes
Un jour pur & serain regne au milieu des airs
Phébus d'un vif éclat décore l'Univers :
Déja des Cieux fumans on ouvre la barriere !
Jupiter au milieu d'un globe de lumiere
Descend sur un nuage accompagné des Dieux,
Il entre chez BOURBON sans regreter les Cieux :
Sur le front de ce Roy posant son Diadême,
Je veux te partager l'autorité suprême
Dit-il ; en ce grand jour tes destins sont remplis
Je suis le protecteur de ton auguste Fils,
Mars & le tendre Hymen vont sous d'heureux auspices
Devenir à l'envi l'objet de ses délices :
Tu le verras bien-tôt volant dans les combats
Moissonner les lauriers & marcher sur tes pas,
Les enfans de la guerre à d'éclatantes marques
Reconnoîtront le sang des illustres Monarques
Qui défiant la mort pour soutenir tes droits
Ont immortalisé l'Empire des François.
Il dit : BOURBON sourit, tous les Dieux applaudissent,
Déja de doux concerts les voûtes retentissent :
Appuyé sur l'Hymen & conduit par l'Amour,
Soudain on voit le Prince en ce charmant séjour.
Cet aimable Héros dont l'auguste visage
Du plus tendre des Dieux est la brillante image,
Orné de Myrtes verds couronné de jasmins
Paroît environné des amours enfantins ;
Tous ces folâtres Dieux le couvrant de leurs aîles

Voilent pour un inftant fes graces immortelles,
Ainfi qu'un tourbillon voltigeant dans les airs
Dérobe le Soleil à ce vafte Univers,
Pour mieux tromper les yeux par un trait de lumiere
Qui d'un coup imprévû vient frapper la paupiere,
L'amour qui peut foumettre & les Dieux & les Rois
Lui met entre les mains fon Arc & fon Carquois,
Et Cupidon foumis pour le bonheur du monde
Veut plonger les Amans dans une paix profonde,
Le Prince va bien-tôt goûter entre fes bras
Quel charme ont fur un cœur mille innocens appas;
Le Dieu Mars à fon tour maître de fa perfonne
De Myrtes en lauriers changera fa Couronne;
La Cuiraffe & le fer fuccederont aux fleurs;
Préférant à l'Amour la guerre & fes horreurs;
Nous le verrons un jour au milieu de la flamme
Voltiger dans les rangs & montrer fa grande ame,
Jupiter l'a prédit; c'eft l'ordre du deftin.

Cependant les Amours d'un goût tendre & badin
Uniffoient à leurs voix le doux fon de leur Lyre;
Ce ne font pas ces chants que la folie infpire,
Mais ces fons enchanteurs où la tendreffe à part
Enfans de la nature indépendans de l'Art,
Tels ces airs féduifans qu'Apollon même admire
Dont *Lully* charme encor le ténébreux empire.
De leurs doctes chanfons les cœurs font attendris,
Un murmure agréable en fait voir tout le prix,

Amours dit Jupiter d'un ton de complaifance
C'eft moi qui vous l'ordonne, Amours faites filence,
On obéit foudain : * tel le maître des flots
Commande à la tempête & détruit fes complots.
Cher Prince dit le Dieu vous qui dans la jeuneffe
De ma fille Minerve égalés la fageffe,
Après un Roy prudent, fage & rempli d'ardeur
De vos heureux Sujets foyés le bienfaiteur.
De l'Olimpe brillant où mon tonnerre gronde,
Où mon bras refpecté tourne à fon gré le monde
Je veillai fur vos jours & j'eus foins des long-tems
D'enrichir votre cœur des plus nobles préfens.
Pour montrer que le Ciel fut toujours favorable
Aux plaifirs d'un Monarque auffi vaillant qu'aimable,
Chaftes Divinités volés dans ce Palais
Et chantez fa grandeur & fa gloire à jamais :
Pour l'Hymen de fon fils que la tendre Nature
En dépit des Hivers reprenne fa verdure,
Que la terre pour lui fe couvre de fes fleurs
Et faffe de fon fein naître mille couleurs,
Que les vents enchaînés dans leurs grotes profondes
De leur fouffle bruyant ne troublent plus les ondes,
Que gravé dans la flamme au milieu des éclairs
Le beau nom de LOUIS apprenne à l'Univers
Qu'il eft l'augufte ami du maître du Tonnerre
Le Pere des François, l'exemple de la Terre.
Peuples vous connoiffez votre Prince à fes traits

⁂ Neptune,

9

L'Europe va bien-tôt lui demander la paix.
De ces mots glorieux les souterains frémirent,
Et du Palais doré les voûtes s'entrouvrirent.
Tout cede à Jupiter : mais quel enchantement
Sur un Char lumineux formé dans le moment
Junon, Vénus, Minerve à lui plaire adonnées
Percent de ce Palais les voûtes étonnées ;
Au milieu des plaisirs, voltigeans à l'entour
La Princesse paroît dans cet augufte Cour :
Les Graces, les Amours, les Jeux, la Complaisance,
Marchent devant ses pas, conduits par l'Innocence :
La Nature, des Cieux secondant les efforts
Pour la former si belle épuisa ses trésors ;
L'Art n'a pû déguiser ses graces naturelles,
Il n'a point de pouvoir parmi les immortelles.
Enrichissant son front des plus rares bienfaits
Vénus dès le berceau prit soin de ses attraits,
La Déesse sçavoit en guidant son enfance
Qu'elle feroit un jour l'ornement de la France :
Et Junon lui donna ce doux & noble aspect,
Qui grave dans les cœurs l'amour & le respect :
Minerve cultiva ce charmant caractere,
Qui mieux que les appas a le talent de plaire :
La sagesse fixa son séjour dans son cœur :
Et l'esprit la combla de son charme vainqueur.

Hymen qui sous tes loix tient tout ce qui respir
Plus illustres Epoux n'ont goûté ton empire,

Mais des Chars flamboyans plus prompts que les éclairs,
Fendent en s'élevant la région des airs,
Pour transporter les Dieux LOUIS & la Princesse
Au Temple de l'Hymen que la fête intéresse,

On avance au milieu des plaisirs & des ris
Par des chemins jonchés de Lauriers & de Lys,
D'agréables odeurs le charmant assemblage
Entraîne tous les sens dans un doux esclavage :
On voit des deux côtés des Myrtes toujours verds
A l'abri de la foudre & du froid des Hivers,
Et de hauts Peupliers dont le front touche aux nuës
Près du Temple sacré forment trois avenuës :
Leur orgueilleuse tête au plus fort des Etés,
Brave les feux brulans des rayons irrités,
On entend murmurer comme au bord du Permesse
Le doux gasouillement d'une onde enchanteresse :
Le Satyre effronté, le Sylvain pétulant,
Sont bannis à jamais de ce séjour galant.
Les Nimphes de ces lieux chantent sur la verdure,
Les Zéphirs font voler leur blonde chevelure :
D'une grote de fleurs les sensibles échos
Répetent à l'envi les exploits des Héros :
Jupiter & LOUIS, l'objet de leurs ramages
Entendent leurs beaux noms voler dans les bocages,
Tout pour les célébrer à sa voix & ses sons.
Les plus fiers animeaux paissant dans les vallons,
N'ont plus cet air cruel & ce dehors sauvage

Qui font appréhender leur fatal voifinage ;
Le Lion fe repofe au milieu des troupeaux,
Le Lievre raffuré traverfe les coteaux :
La Colombe s'abat fur l'Aigle fanguinaire ,
Où boivent les Brebis le Loup fe défaltere,
Le Ciel dans ces beaux lieux voit fleurir l'âge d'or
La France fous BOURBON le voit renaître encor.
De tendres Roffignols dans les plaines voifines
Invitent les humains par leurs voix argentines,
A fe laiffer aller aux douceurs du fommeil :
Et du fommet des Monts dorés par le Soleil
Un nectar abondant que la chaleur irrite ,
A flots impétueux coule & fe précipite.
De ce féjour placé fous un Ciel auffi doux
Les heureux Habitans font d'aimable Epoux
Dont l'amour fe nourrit par une ardeur difcrete,
Qui n'ont d'autre bonheur qu'une union parfaite,
Et dont les tendres cœurs ont fçu s'accoutumer
Affortis l'un pour l'autre, à vivre pour s'aimer.
Plus on marche en ces lieux pleins d'innocens fpectacles,
Plus les yeux font frappés par de nouveaux miracles.
La célefte cohorte au milieu d'un grand bruit
Arrive enfin au Temple où l'Hymen l'a conduit.
A l'afpect éclatant du Dieu de l'Empirée
Soudain le Temple s'ouvre à la troupe facrée :
Les habitans de l'air & les Nymphes des bois
Annoncent leur entrée au doux fon des Hautbois.
C'eft-là qu'on voit briller l'admirable Nature :

Rien n'a l'éclat pompeux d'une vaine parure,
Si l'or & les rubis ne brillent point aux yeux
Sans le secours de l'art tout paroît précieux.
On voit naître des fleurs & des fruits sous ses traces :
On y voit des tableaux peints par la main des graces :
Le Marbre & le Porphyre y semblent respirer,
Et les yeux satisfaits n'ont rien à désirer.
Là les cœurs sont unis par des nœuds légitimes,
L'Hymen a des douceurs, il m'éconnoît les crimes
Et ses plus grands plaisirs sont au sein des vertus.
Des enfans de Paphos les traits sont plus aigûs,
Mais ils portent leurs coups avec plus de prudence :
Son ardeur est moins vive elle a plus de constance,
Et tout ressent la paix dans son Temple immortel.
Déja les deux Epoux s'approchent de l'Autel,
Sur un bucher de fleurs que le tonnerre allume
Le feu brille, il éclatte, aussi-tôt l'encens fume,
Et leurs vœux enflammés s'envolent dans les Cieux
Au milieu des vapeurs d'un parfum précieux.

Voulant de son côté signaler sa puissance
Montrons donc, dit l'Amour, notre magnificence,
Et qu'il ne soit pas dit que l'Hymen seulement
Est de plaire à LOUIS l'avantage éclatant.
Venez Pere des Dieux dans l'Isle révérée
Où de tous les humains Venus est adorée,
Les jeux & les plaisirs habitent mon Palais :
On voit voler les ris sous des ombrages frais,

13

Sur un nuage d'or que le Soleil éclaire
On part, on est porté dans l'Ifle de Cythére ;
Et l'Amour voltigeant fur l'aîle des Zéphirs
D'une voix féduifante appelle les plaifirs.

De nouveautés de gloire & d'exploits affamée ,
Déja dans tout Paris l'agile Renommée
Annonce cet Hymen au Peuple impatient
De montrer fon ardeur dans un jour fi brillant.
A ce bruit enchanteur leur amour fe déploye,
Les cœurs font attendris & nagent dans la joye ;
Ce ne font dans la nuit que miracles offerts ,
Le jour fe reproduit en mille endroits divers.

Un air doux & ferain en arrivant dans l'Ifle
Vous infpire une humeur complaifante & facile ;
Sur de tendres gazons les Amours demi-nuds
Célébrent tour à tour la gloire de Vénus.
Les Nymphes d'un côté danfent dans les bocages,
Les graces, les plaifirs brillent fur leurs vifages ;
Mais le défir de plaire un peu moins affecté,
Ne feroit qu'augmenter l'éclat de leur beauté.
On ne voit point regner fur leur front agréable
Un air fimple & modefte , une pudeur aimable
Qui releve fi bien des attraits innocens ,
Et conferve toujours les appas fleuriffans :
Mais l'art qu'on voit briller fous leur vaine pâture,
Fait gémir le bon goût enfant de la Nature.

Les Champs peu cultivés offrent aux yeux séduits
Des Myrtes, des Palmiers fans cesse reproduits:
Dans cette Isle enchantée est un vaste édifice
Couvert d'Or & d'Azur brillant par artifice :
On y rend à Vénus un culte fouverain,
Ses amoureux exploits font gravés fur l'Airain:
Les Prêtresses du Temple au luxe accoutumées
Offrent à Cupidon des Liqueurs parfumées :
On voit fur fon Autel couler des flots de lait.

Des foins du tendre Amour Jupiter fatisfait
Vouloit lui témoigner ... Soudain le Palais change,
Un fpectacle pompeux arrête fa louange.
Ce Théâtre nouveau produit dans un inftant,
Plait au maître du Ciel, l'enchante & le furprend:
L'aspect noble & hardi de fon architecture,
Le charme tout puiffant de la docte Peinture
L'affemblage divin des plus beaux ornemens
Et le fon enchanteur de divers inftrumens,
Des plus charmantes voix la douce mélodie,
Les plus beaux Vers dictés par l'aimable Thalie;
Ah ! tout fe réunit en prévenant leurs vœux
Pour augmenter l'éclat de jours auffi pompeux.

L'Amour s'applaudiffoit de fa puiffance extrême.
Par un nouveau prodige inventé par lui - même,
LOUIS eft tranfporté dans ce Palais * charmant
* Verfailles.

Où ses heureux Sujets avec empreſſement
Ne cherchent qu'à joüir de la préſence auguſte
D'un Héros auſſi grand, & d'un Prince auſſi juſte.

De la voûte étherée où je donne mes loix
François, dit Jupiter, écoutez tous ma voix.
BOURBON fit votre gloire en ſoumettant des Villes
Il fait votre bonheur dans des jours plus tranquilles;
Les bienfaits l'ont rendu le ROI le plus aimé,
Sa valeur indomptable un Héros renommé;
Les vertus en ont fait un Prince reſpectable,
Et l'immenſe ſageſſe un Monarque adorable.
Pour prix de ſes exploits qu'il vienne orner les Cieux?
Mais non: le GRAND BOURBON eſt trop cher à vos
    yeux.
Ce Prince bienfaiſant eſt encor néceſſaire.
Au Peuple, dont il eſt moins le ROI que le Pere.
Le deſtin de ſon fils eſt d'aimer les talens
De plaire à l'Univers, d'inſtruire les ſçavans:
Sur ce fils bien-aimé le ſoutien de la France
Peuple que je chéris fondez votre eſperance;
Qu'en imitant BOURBON ſon ſort eſt glorieux.
Princeſſe dès long-tems digne de vos Ayeux,
Vous donnerez un jour heureuſement féconde
Des Héros à la France & des maîtres au monde.

Déja la nuit paroît & le feu des éclairs
Eſt l'unique flambeau qui brille dans les airs.
Jupiter cache aux Cieux ſa tête couronnée;

16

Sa foudre retentit pour ce doux Hymenée:
Tout témoigne sa joye : on voit de tous côtés
La jeuneffe courir à pas précipités;
Et le vieillard tardif femble oublier fes peines,
Un fang vif & brulant circule dans fes veines:
Tout vole,tout s'empreffe ; on prend part aux plaifirs
Qui vont des deux Epoux couronner les défirs.
L'Amour laiffe à l'Hymen tout le foin du myftere ;
Il enflamme leurs cœurs & revole à Cythere.
Le tendre Hymen triomphe : il eft de tous les Dieux
Le feul qui foit le plus néceffaire en ces lieux.

F I N.

Vû l'Approbation du Sieur CREBILLON, *permis
d'imprimer. A Paris ce* 21 *Fevrier* 1745.
FEYDEAU DE MARVILLE.